Dritte Auflage 2017
DuMont Buchverlag, Köln

Published by Arrangement with WATERSIDE PRODUCTIONS INC., Cardiff-by-the-Sea, CA, USA
Die amerikanische Originalausgabe erschien 2012 unter dem Titel ›Hipster Hitler‹
bei Feral House, Port Townsend.

Satz: koch.zänker
Gesetzt aus der Helvetica
Druck und Verarbeitung: CPI books GmbH, Leck
Gedruckt auf säurefreiem und chlorfrei gebleichtem Papier
Printed in Germany
ISBN 978-3-8321-6238-2

www.dumont-buchverlag.de

JAMES CARR & ARCHANA KUMAR

AUSWAHL UND ÜBERSETZUNG FÜR DIE
DEUTSCHE AUSGABE: STEPHAN KLEINER

DUMONT

Für unsere Mütter und Väter –
weil sie keine Diktatoren waren

Besonderen Dank an:

Madhu Aravamuthan, Brandi Bowles, Lauren Carr,
Mike Farrell, Benjamin Grimes, James Holland,
Ramya Juwadi, Ramon Lobato, Quincy Moore, Matt Nikkila,
Adam Parfrey, Michael Pope, Alok Prasanna Kumar,
Patrick Simmons und Alexander Wills.

Last but not least Anna und Ajji.

Inhalt

Einleitung **09**

Die Figuren der Handlung **11**

Teil 1: Die frühen Jahre **17**

Teil 2: Die Ereignisse, die zum Zweiten Weltkrieg führten **31**

Teil 3: Der Krieg beginnt **47**

Teil 4: Zweiter Weltkrieg **73**

Teil 5: Alliierte vs. Achsenmächte **95**

Einleitung

»Geschichte ist weitgehend Humbug.«

Henry Ford

Im April 1983 entdeckte der Journalist Gerd Heidemann die Tagebücher Adolf Hitlers, die er sukzessive im Nachrichtenmagazin STERN veröffentlichte. Doch Zweifel an der Authentizität der Tagebücher wurden laut, und schließlich erwiesen sie sich als Fälschungen.

Dieses Buch jedoch schildert nichts als die Wahrheit, wie wir sie uns vorstellen.

Die Figuren der Handlung

Adolf Hitler

Hipster Hitler. Geht gut von den Lippen, oder? Hitler ist aus den Geschichtsbüchern heraus- und in ein Paar hautenger Jeans hineingestiegen, um vollends in jener Subkultur aufzugehen, die er bekanntlich liebte. Gescheiterter Künstler, Vegetarier, Tierrechtsaktivist, Arschloch – es passt einfach alles.

Hitler wurde in Braunau am Inn geboren, was sich wie eine Absteige für Bodybuilder anhört, in Wahrheit aber ein kleiner Ort im Nordwesten Österreichs ist. Bis zu seinem vierten Geburtstag weigerte er sich zu krabbeln, weil er nicht wie all die anderen Babys sein wollte, und musste in einem kleinen Korb umhergetragen werden, den er selbst geflochten hatte. Schließlich entkam er dem kleinen Nest und zog ins betriebsame Wien, wo er Synthesizer spielen und ethnische Minderheiten hassen lernte.

Was dann geschah, ist bekannt – Hitler stieg zum Kopf der NSDAP auf, löste den größten Krieg des 20. Jahrhunderts aus und beging unaussprechliche Gräueltaten. Was für ein mieser Sack. Aber sehen wir es doch mal so: Jetzt ist er hinüber, und wenn er wüsste, dass dieses Buch auf gebleichtem Papier gedruckt wurde, bekäme er einen Tobsuchtsanfall.

Joseph Goebbels

Joseph Goebbels war sozusagen Hitlers ultrarechte Hand. Obwohl Hitler selbst als Redner zu beeindrucken verstand, war Goebbels in vielerlei Hinsicht das Sprachrohr des Dritten Reichs, besonders wenn Hipster Hitler den Mund voll Tofu hatte.

Wie der Führer war auch Goebbels künstlerisch veranlagt. Und wie Hitler hatte auch ihn die Ablehnung, auf die seine künstlerischen Gehversuche stießen, bitter werden lassen. Goebbels' Theaterstücke wurden selten aufgeführt, und um die Veröffentlichung seiner Bücher musste er jahrelang kämpfen. Selbst die Autoren dieses Bändchens sind erfolgreicher.

Wenn es einen Begriff gibt, der Goebbels' Stellung in Hitlers Regime auf den Punkt bringt, dann ist das »Mitläufer«. Goebbels war ein ungenierter Arschkriecher und Jasager. Er schreckte nicht einmal davor zurück, so zu tun, als gefielen ihm die Synthesizer-Medleys seines Führers. Ja, er war so ein papageienhafter Lakai, dass er wenige Stunden nach Hitler Selbstmord beging, wobei er sich ohne Frage verzweifelt an eine der aus 100 % fair gehandelter Bio-Baumwolle gefertigten Strickpuppen des Führers klammerte.

Hermann Göring

Im Ersten Weltkrieg war Hermann Göring ein herausragender Kampfflieger. Im Zweiten Weltkrieg war er der verhasste Babysitter des aufsässigen Führers. Im Gegensatz zu Goebbels, der Hitler hinterherrannte wie ein auf Soja versessener Welpe, ließen Göring die Taten seines Führers häufig verärgert und leicht verwirrt zurück.

Göring war von Beginn an Mitglied der NSDAP. Er war ebenso am gescheiterten Bürgerbräu-Putsch von 1923 beteiligt wie auch am weniger bekannten Fair-Trade-Coffeeshop-Putsch von 1927. Es darf nicht verschwiegen werden, dass die Teilnahme an Letzterem durch die Androhung des überkoffeinierten Führers motiviert war, ihn anderenfalls total uncool zu finden.

Göring gehörte nicht nur zu den ersten Mitgliedern der Nazi-Partei, er blieb ihr auch bis zuletzt treu. Als einzige Galionsfigur der Partei überlebte er bis zu den Nürnberger Prozessen, in deren Verlauf er dann für so ziemlich alles Erdenkliche verurteilt wurde.

Erwin Rommel

Rommel wollte eigentlich gar nicht am Zweiten Weltkrieg teilnehmen, aber Hitler hörte nicht auf, ihn zu nerven und mit Freigetränken zu bestechen, und schließlich sagte er zu. Rommel hatte ja keine Ahnung, dass es sich bei dem Getränk um Club Mate handelte. Sein Spitzname war »Wüstenfuchs«, und das nicht nur, weil er Dünen mochte und auf rote Wäsche stand – Rommel war auch ein listiger und gefürchteter Gegner.

Anders als Göring litt Rommel im Stillen – wie Schwarzeneggers Frau, nur mit Panzern. Die Nörgeleien des Führers gingen ihm unter die Haut wie eine schlecht gestimmte Mandoline, doch in seinem aus Granit gehauenen und von Erfahrung gegerbten Gesicht zuckte kein Muskel.

Rommel widersetzte sich vielen direkten Befehlen des Führers, etwa wenn dieser von ihm verlangte, Kriegsgefangene zu exekutieren oder eine Jeansgröße von 32 keinesfalls zu überschreiten. Sein Ungehorsam wurde ihm schließlich zum Verhängnis, und Hitler stellte ihn vor die Wahl, entweder ehrenhaften Selbstmord zu begehen oder die Poetry-Slam-Texte des Führers zu überarbeiten. Rommel wählte den Tod.

Teil 1
Die frühen Jahre

Wien

Hitlers Zeit in Wien stellte eine harte Prüfung dar. Zum ersten Mal in seinem jungen Leben war er auf gänzlich unironische Weise arm.

Grrrrrrrr!
Was ist denn mit euch Typen los?! Wo ist euer Sinn für Kultur? Wegen euch bin ich aus der Rolle gefallen.
Habt ihr nicht gemerkt, dass ich mich in eine menschliche Statue verwandelt habe, um das Entstehen sozialer Beziehungen im rauen öffentlichen Klima der Weimarer Republik kritisch zu spiegeln?
Kunst heißt leiden.
Und Juden sind so was von BLACKLISTED!

Bärtchen

Als Hitler bloß ein armer Handlanger im Ersten Weltkrieg war, trug er auf ironische Weise einen Kaiser-Wilhelm-Bart, die Insignie der Wohlhabenden; als Führer beließ er es beim bescheideneren Zweifingerbärtchen. Bevor der Führer zur historischen Figur wurde, war der Zweifingerbart in Europa und Amerika äußerst hip. Dass Hitler sich den Style zu eigen machte, führte dazu, dass dieser tabuisiert und damit ironischerweise total exklusiv wurde.

Melder

Der Gefreite Hitler hatte im Ersten Weltkrieg die Aufgabe, als Eilbote Nachrichten zwischen den Kommandostellen und der Front zu übermitteln. Ehrlicherweise entsprach sein Tempo dabei allerdings eher einem gemächlichen Schlendern.

Raus damit,
verdammt!
5 Nord, 16 Ost.
DAWSONS
KRIEG
Sie Idiot! Diese Koordinaten sind nicht ausreichend!
Sorry, Mann. Die Silben
gehen einfach nicht auf.
DAWSONS
KRIEG

Operation

Der Krieg zog sich lange hin. Es gab viele Tote und unzählige Verwundete unter den Soldaten. Am 7. Oktober 1916 wurde Hitler in der Schlacht an der Somme durch einen Schrapnellsplitter verletzt und in ein deutsches Lazarett verbracht. Obgleich es kaum gesicherte Erkenntnisse über die Position der Wunde gibt, heißt es immer wieder, sie habe sich in der Gegend des Oberschenkels oder der Leiste befunden – eine der originellsten Stellen für eine Verwundung.

Ausgezeichnet ... Ich werde der erste große Diktator mit nur einem Ei ...
1941:
Odyssee im Luftraum
Na ja, wissen Sie, Herr Hitler – Napoleon hatte auch nur einen Hoden.
Entfernt den anderen.
1941:
Odyssee im Luftraum

Erwachen

Während seiner Zeit als Eilbote im Ersten Weltkrieg wurde Hitler mehrfach verwundet. Zu den schlimmsten Verletzungen zählte eine vorübergehende Erblindung aufgrund einer Senfgasattacke. Verschiedenen Quellen zufolge waren seine letzten Worte, bevor er das Bewusstsein verlor: »Jemand soll … meinen … Bart stutzen.«

Seit dem Großen Krieg verfolgen mich schreckliche Visionen ... das Senfgas.
Ich wurde nie wirklich vergiftet, aber was für ein fürchterlicher Tod das sein muss.
Es war industriell gefertigter Dreck mit Tausenden von Zusatzstoffen.

Ich schwöre, in diesem meinem Krieg werde ich ausschließlich Bio-Dijon einsetzen.

Heute hat Otto Skorzeny einen Toast auf mich ausgebracht:
»Auf den Führer – den Architekten der NSDAP. Lang lebe die Nationalsozialistische Deutsche Arbeiterpartei!«
Wie sehr sie alle meine Originalität bewundern. Hoffentlich finden sie niemals heraus, dass ich eigentlich vorhatte, mich bei der Nürnberger Schule für Design, Architektur und Performancekunst zu bewerben.

NSDAP

AUFNAHMEGESUCH

BITTE GUT LESERLICH MIT KUGELSCHREIBER ODER SCHREIBMASCHINE AUSFÜLLEN

VORNAME Adolfus ZWEITER VORNAME NACHNAME Hitler

POSTANSCHRIFT
Bayerische Staatsbibliothek, Ludwigstraße 16, 80539 München,
Deutschland 089 28638-0

GESCHLECHT
[X] MÄNNLICH [ ] WEIBLICH

GEBOREN AM 20.4.89

BERUF Landstreicher

AUSBILDUNG
Technische Hochschule (ironisch)
Wiener Kunstakademie (beinahe (zweimal))

BISHERIGE TÄTIGKEITEN
Eilbote im Großen Krieg, künstlerischer Postkartenmaler
Professioneller Origamifalter (bis heute)

EMPFEHLUNGEN

NAME	VERHÄLTNIS
Hugo Gutmann	Befehlshabender Offizier hat mich für das Eiserne Kreuz empfohlen

PERSÖNLICHE ANMERKUNGEN
bleibt aus künstlerischen Gründen frei

Habe gerade herausgefunden, dass Bagels jüdisch sind.

WAS SOLL ICH BLOSS TUN?!

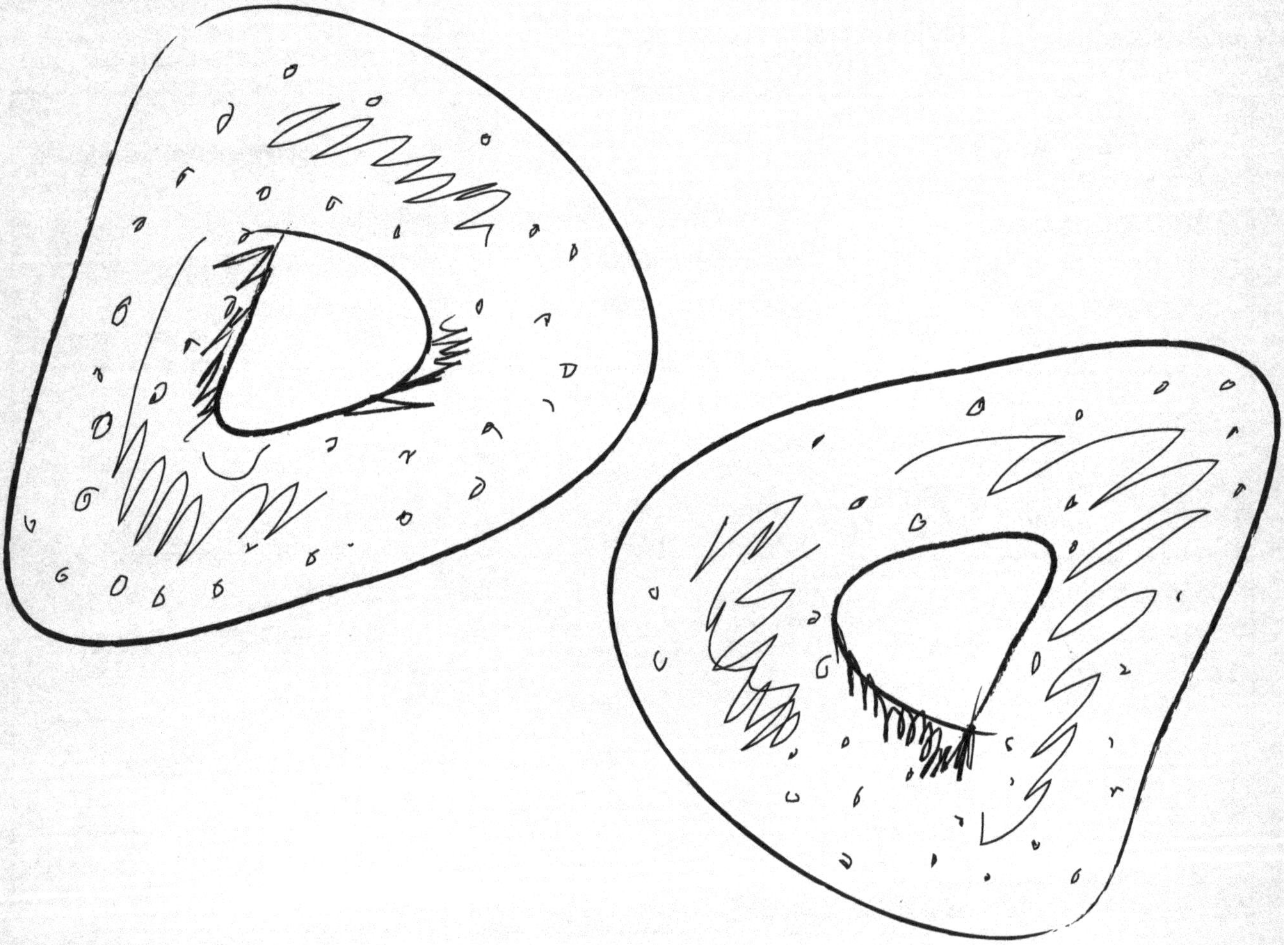

WIE MAN NICHT-JÜDISCHE BAGELS MACHT

Einfach normale Bagels machen, aber in Form von Dreiecken. Aufeinanderlegen und servieren. Gelingt im Handumdrehen!

Ich empfehle koscheren Käse – der ist einfach gesünder.

Ich bin voll angepisst ... Niemand will irgendwas von meinen neuen Lebensmitteln in Dosen wissen.

Das ist totale Diskriminierung!

Dabei läuft mein Anbau biologischer Lebensmittel komplett unabhängig von meinen Versuchen, die Weltherrschaft an mich zu reißen.

MOLESKINE® soft cover
Legendary notebooks
soft cover
couverture
souple
A. Hitler
Ruled Notebook
Carnet ligné

TEIL 2
Die Ereignisse, die zum Zweiten Weltkrieg führten

Logo

Hitler war sich über die Ursprünge des Hakenkreuzes durchaus im Klaren; Kritikern, die es als abgekupfert bezeichneten, entgegnete er, man müsse es eben »funky« auf die Spitze stellen.

Die Getränkefrage

Nach der Niederlage des Ersten Weltkriegs war die Moral in Deutschland an einem Tiefpunkt angelangt. Die bayerische Regierung wurde für die Hyperinflation verantwortlich gemacht, welche Mittelklasse wie Unterschicht lähmte. Die Stimmen der Unzufriedenen hallten durch die Brauhäuser und Gasthauskeller, in denen sich die Menschen versammelten, um zu trinken und an Diskussionsrunden teilzunehmen oder, wie in Hitlers Fall, insgeheim die Fußbekleidung der anderen einer äußerst kritischen Bewertung zu unterziehen.

Jedem das Seine, mir die Leiste

Göring gehörte zu Hitlers frühesten Kollaborateuren. Er war am Bürgerbräu-Putsch beteiligt, und Hitler brachte ihm sogar genügend Vertrauen entgegen, um ihn die Produktion der auf Retro gestylten Einladungskarten überwachen zu lassen. Als die bayerische Polizei dem Putsch ein Ende setzte, wurde Göring in der Leistengegend verwundet – angeblich während er noch in aller Eile versuchte, Hitlers frisch gerissenen zweitliebsten Schal zu stopfen.

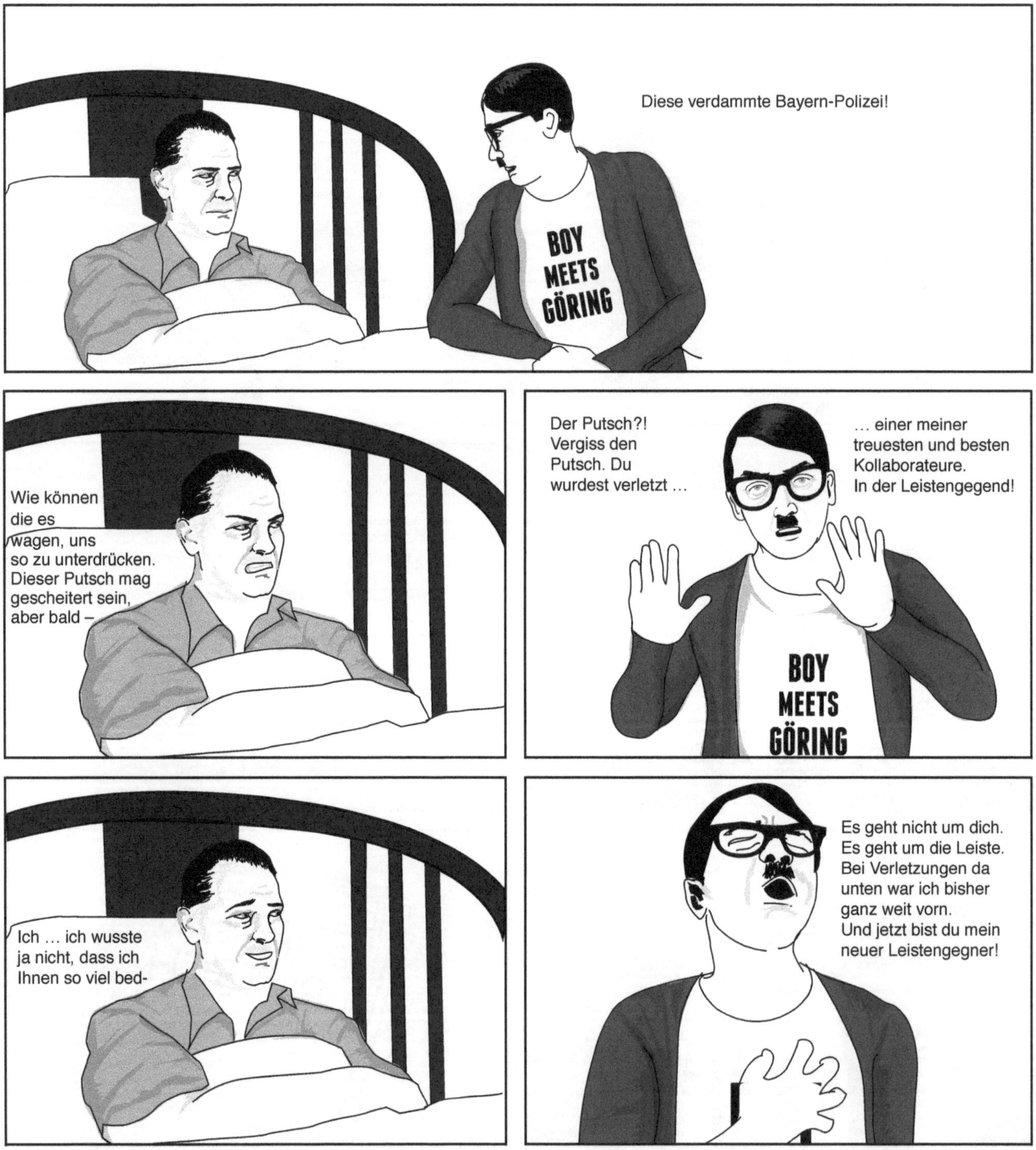

Nachwirkungen

Das Scheitern des Bürgerbräu-Putsches ging nicht spurlos am Führer vorbei. In der Folge überzog er die bayerische Polizei und ihre Uniformen mit heftiger Kritik – ebenso wie die Akustik im Bürgerbräukeller, die er als »komplett ungeeignet für Synthies« bezeichnete.

Freiheit

Nach dem gescheiterten Bürgerbräu-Putsch wurde Hitler festgenommen und im Landsberg-Gefängnis inhaftiert, wo er versuchte, das schlechte Feng Shui und den »völlig kulturell uninspirierten und ideenarmen« Speiseplan der Institution komplett umzukrempeln.

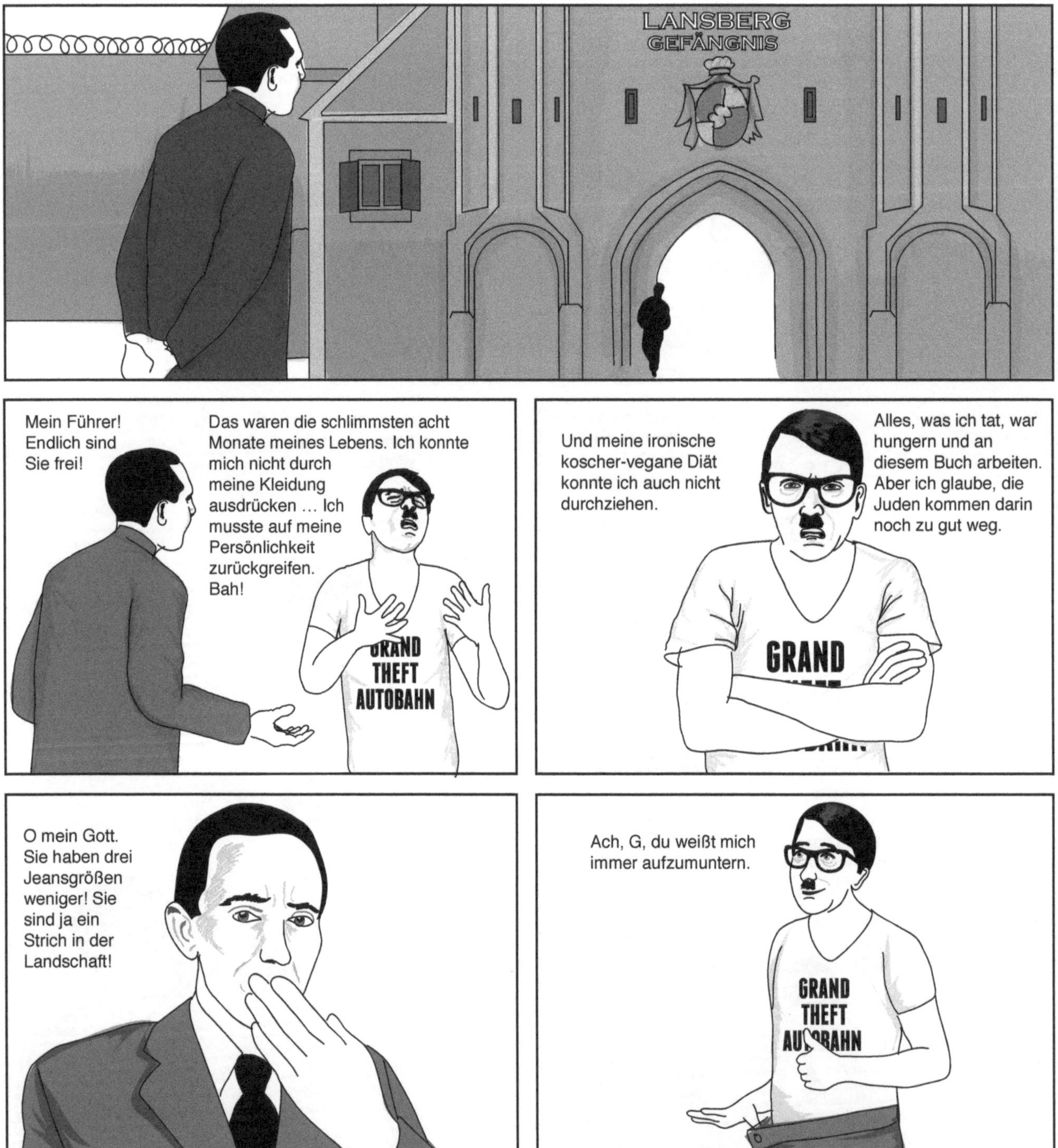

Neue Uniformen

Am 29. Juli 1921 wurde Adolf Hitler zum Ersten Vorsitzenden der NSDAP mit Parteisitz in München gewählt. Der Öffentlichkeit wurde er als »Führer« der Partei vorgestellt; das war nicht nur die erste offizielle Erwähnung dieses Titels, es war auch das erste Mal, dass das Ausland gezwungen war, einen Umlaut zu benutzen. Jawollo!
Als »Leibgarde« des Führers wurde die Schutzstaffel (SS) ins Leben gerufen.

Hmmm. Dezent und doch ein Hingucker. Gewagt und doch subtil. So AVANTGARDE.
BOSS
ABER MEIN FÜHRER! DAS IST HU-
Kein verdammtes Wort mehr.

Triumph

Leni Riefenstahl beförderte Hitlers Aufstieg nicht weniger als die meisten anderen, und sie machte einen geilen Tofusalat. Hitler versuchte mehrfach, sie zu einem ausführlicheren Gebrauch des Dolly-Zooms zu bewegen, doch sie weigerte sich, weil die Technik noch nicht existierte und sie es ablehnte, sich der Doktrin des Futurismus zu unterwerfen.

Geli

Angela Maria »Geli« Raubal war Hitlers Halbnichte. Er war völlig auf Geli fixiert, hielt sie hinter Schloss und Riegel und versagte ihr alle sozialen Kontakte. Irgendwann wirkte sie so ausgebleicht wie sein künstlich auf alt getrimmtes »Bürgerbräu 1923«-T-Shirt.

Vertrag

Der Versailler Vertrag hatte Hitler zum ersten Mal zu schaffen gemacht, als sich die Veranstalter weigerten, die Band seines Kumpels Mark während der Unterzeichnung spielen zu lassen, obwohl die Bühne groß genug und die Akustik im Spiegelsaal eins a war.

Pah, mit Posen hatte ich eh nie was am Hut. Ich bin voll ich selbst, Mann.
JUDE STATT PLASTIK
Und Deutschland die Schuld für den Krieg zu geben, kommt dann wohl auch keiner Kränkung unserer Ehre gleich.
JUDE
Du hast recht! Wir haben den Krieg gar nicht angefangen!
JUDE
Und wir können doch nicht zulassen, dass uns die ganze Welt für Mitläufer hält, die nichts Eigenes auf die Beine stellen können, oder?
Fangen wir einen Krieg an!
JUDE

Herbstblätter flattern
Mein Herz, es ist in Aufruhr
Holen wir Polen!

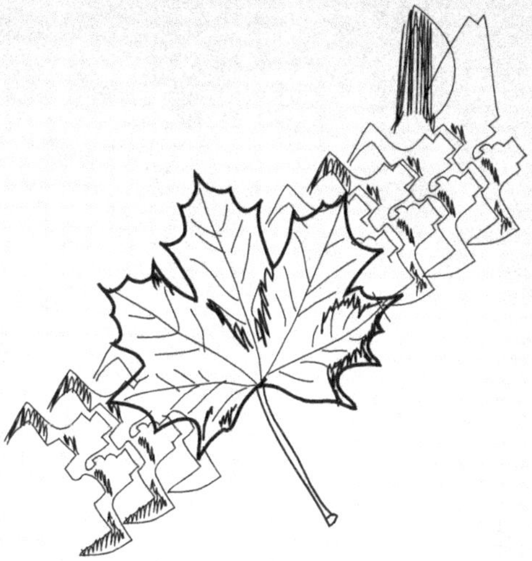

Verrückter Tag! Mein Kumpel Mark wollte, dass ich einen großen Artikel über den Auftritt seiner Band in Hamburg schreibe. Er ist ein toller Sänger, aber ehrlich gesagt finde ich, seine Stimme könnte ein bisschen weinerlicher klingen.

Es war die Hölle los, fast 17 zahlende Gäste.

Alles total locker, bis Himmler allen verraten musste, dass mein »Vintage«-Shirt in Wirklichkeit von Aryan Apparel war. Sein Glück, dass er so ein guter Bassist ist, sonst hätte ich ihn längst beseitigt.

Meine jüngste Erfindung kombiniert Fitness, nachhaltigen Ackerbau und Nationalismus.

Mögliche Namen:

~~1. Pedalpflug~~

~~2. Feldherren-Fixie~~

~~3. Arthur~~

Die Alpha-Version hat allerdings noch mit eingeschränkter Mobilität zu kämpfen.

Ich bin sehr traurig, weil Blondi nicht gut auf ihre glutenfreie vegane Diät anspricht.

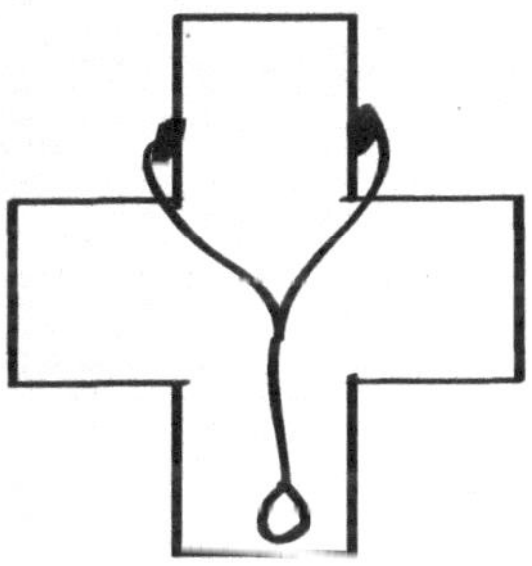

Der Tierarzt sagt, sie ist untererernährt.

Aber auf jeden Fall passt sie jetzt in eine geil eng anliegende Hundeweste.

Teil 3
Der Krieg beginnt

Rheinland

Der Versailler Vertrag erlegte Nachkriegs-Deutschland eine ganze Reihe strenger Bestimmungen auf, unter anderem die Preisgabe des Rheinlandes. Das nagte an Hitler, und als er erst einmal einen einprägsamen Slogan entworfen hatte (»Rheinland ist mein Land«), stand fest, dass es zum Vertragsbruch kommen würde.

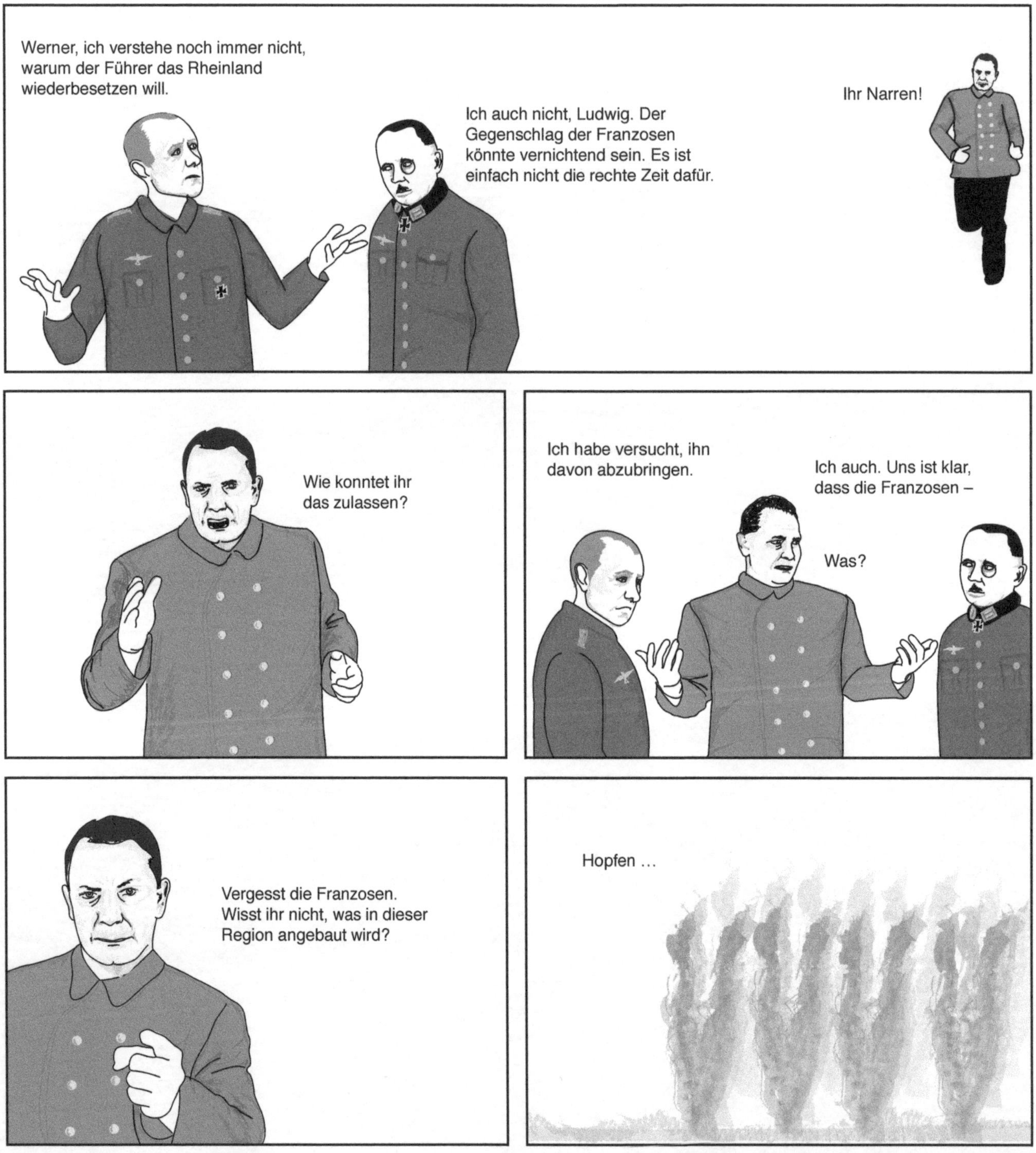

Flachs …

Hanf …

Gütiger Gott.

Wir haben ihn vielleicht für immer verloren.
WUNDERBAR!!!
Organic Beer
CLAP YOUR HANDS SAY JÄGERSTAFFEL
50% Hanf
50% Flachs

Heilnachten

In der Nacht vor seiner Selbsternennung zum Reichskanzler schläft der Führer tief und fest. Bald wird nicht nur die politische, sondern auch die militärische Macht ganz in seiner Hand liegen.

Denk an meine Worte und tritt zurück, oder du wirst auf ewig ein unlockerer, bemühter Poser sein.
Mir doch egal ...
Unlocker? Ich?
Und wer zur Hölle bist du jetzt wieder?
Ich bin der Geist der gegenwärtigen Diktatoren. Ich bin gekommen, um dir in der Nacht vor deiner Ernennung zu zeigen, dass du die künstlerische Kontrolle verloren hast und zum Sellout geworden bist. Folge mir.
Du bestimmst nicht länger dein Image. Disney tut es.
Aber ich habe ihnen gar keine Bildrechte eingeräumt.
Ich kann nicht glauben, dass ein feiner Mensch wie Walt Disney, dessen Kunst ich so bewundere, ganz unverhohlen mein Konterfei verwendet, ohne die Rechte daran zu haben.

Glaub's nur. Je mehr Kontrolle du über die Nazi-Bewegung ausübst, desto weniger wirst du dein öffentliches Bild kontrollieren können. Denk an meine Worte und tritt zurück, oder du wirst dein Gesicht auf T-Shirts und Kalendern wiederfinden.
NEEEIIIN! KEINE KALENDER!
schnief
Vielleicht haben der Freak im Frack und das komische Heinzelmännchen recht.
안녕
Was zum … Fort mit dir, Trollpuppe!
DU MICH NICHT KENNEN? ICH GEIST VON ZUKÜNFTIGEN DIKTATOREN. ICH DIR ZEIGEN DEINEN TOD. SEEEHR TRAURIG.

DU SIEHST? DU DICH MACHEN ZU REICHSKANZLER, DU SELBSTMORD IN BUNKER. NICHT COOL. DU WOLLEN SO ENDEN, HMMM?
Moment mal … »Bunker«?
Du meinst, am Ende wird man mich als UNDERGROUND in Erinnerung behalten? PERFEKT!
Ich bin dabei.

Sommer

Die Olympischen Spiele verfolgte der Führer mit großem Interesse. Seine Lieblingsdisziplin war laut Tagebuch »die eine, wo alle mit Fahnen rauskommen und einfach so gechillt rumlatschen«.

Handschrift

Die Wissenschaft der Graphologie ist heute weitgehend als Scharlatanerie entlarvt, doch zu Hipster Hitlers Zeiten erfreute sie sich großer Beliebtheit. Hitler versuchte sich gar an einem ähnlichen System der vergleichenden Persönlichkeitsanalyse aufgrund von Zwirbelgrad und Glanz von Schnurrbärten.

Schreibmaschine

Während er nach dem gescheiterten Putsch seine Haftstrafe absaß, begann Hitler eine Autobiographie, die auch eine detaillierte Schilderung seiner politischen Ideologeme beinhalten sollte. Ursprünglich wollte er das Buch VIEREINHALB JAHRE (DES KAMPFES) GEGEN LÜGEN, DUMMHEIT UND FEIGHEIT nennen, doch als er feststellte, dass sich dieser Titel nicht in einem Haiku verwenden ließ, kürzte er ihn zu MEIN KAMPF.

Kam
Goebbels, du Vollpfosten!
Das ist Arial!
NEEEIIIN!!!
heilvetica

Time is money

Im Zweiten Weltkrieg war Otto Skorzeny ein Soldat, vor dem die Gegner erzitterten. Später wurde er Teil von Hitlers Leibgarde und half dabei, die Konsequenzen des Super-GAUs vom 20. April einzudämmen, aber eigentlich war es sein Katalogisierungssystem für Vintage-Schallplatten, das des Führers Interesse weckte. Müßig zu erwähnen, dass der Führer Skorzeny fast so gern mochte wie Pastelltöne.

The Times
IM WESTEN NICHTS NEUES
TV-SERIE »SITZKRIEG« WEGEN SCHLECHTER QUOTE, ÄH, ABGESETZT
The Argus
MANN TÖTET ENTE WEGEN HAUS-FRIEDENSBRUCH
Nachbar sagt, seine Enten könnten »nicht gut lesen«, beschuldigt Bildungsministerium
Februar 1940
Gute Nachrichten, mein Führer! Einige Mainstream-Medien sprechen vom »Pseudo-Krieg«, andere vom »totalen Langweilerkrieg«. Selbst die Franzosen machen sich schon lustig. Sie sind bereits so gut wie vergessen.
Schauen Sie mal, wer der Mann des Jahres in TIME ist.
TIME
MANN DES JAHRES
STALIN
Russland steht kopf

Kundgebung

Hipster Hitler erwarb sich schnell den Ruf eines der wirkungsvollsten Redner des 20. Jahrhunderts. Seine Ansprachen waren durchsetzt mit lebhaften Bildern, zu Herzen gehenden Appellen und spontanen Bongo-Soli.

Also, was habt ihr heute gelernt?
...
Ganz genau!

Faschisting

Dem Fasching schwor Hitler vollständig ab, nachdem Ribbentrop im Jahr 1938 sein Maultierkostüm für ein Eselskostüm gehalten hatte.

Gandhis erster Brief

Mohandas Kharamchand Gandhi war ein erstaunlicher Mann und Befreier des indischen Volkes, wenngleich es auch etwas naiv von ihm gewesen sein mochte, an Hitler zu schreiben, der seine Lehre der Gewaltlosigkeit nicht im Mindesten teilte. Was Hitler durchaus teilte, war Gandhis Lust auf Linsen und das Hocken im Schneidersitz.

Gandhis zweiter Brief

Gandhi sagte einmal: »Ein Mensch ist ausschließlich das Produkt seiner Gedanken. Er wird, was er denkt.« Hipster Hitler sagte dasselbe, nur mit »Brillen« statt »Gedanken«.

Befehl

Hitler hatte bereits Hunderte von Einberufungsbefehlen unterzeichnet, als ihm die progressive Idee kam, mit innovativen »Zweiberufungsbefehlen« eine Menge Zeit zu sparen.

Ehrlich gesagt leben wir in einer grausamen faschistischen Diktatur.
Bitte unterzeichnen Sie es. Es ist der Einberufungsbefehl.
Zwing mich doch.

Ironische Invasion

Mit dem Ziel eines »Großdeutschen Reichs« vor Augen und angespornt von der deutschen Bevölkerung der Freien Stadt Danzig, die sich für die Wiedereingliederung aussprach (und von den Gerüchten über die reichen Chai-Latte-Minen der Stadt), planten die Nationalsozialisten, in den Polnischen Korridor einzudringen, der die deutsche Exklave Ostpreußen vom Rest des Reichs trennte.

Ausbruch

Für Hipster Hitler brachte der Ausbruch des Zweiten Weltkriegs viele Aufgaben und Veränderungen mit sich, darunter Kostümdesign in nie dagewesenen Ausmaßen, das Aufstellen von Speiseplänen und topmodische herbstliche Farben.

To Do:

~~neuen Stift kaufe~~

nähergelegenes Schreibwarengeschäft finden

Heidegger zitieren

Polen vernichten

mit Himmler über das unendliche Wesen der Zeit sinnieren

Fußnägel schneiden

Zufällig ausgewählten Juden anstarren, ohne wegzugucken

to-do-~~Haiku~~ liste schreiben

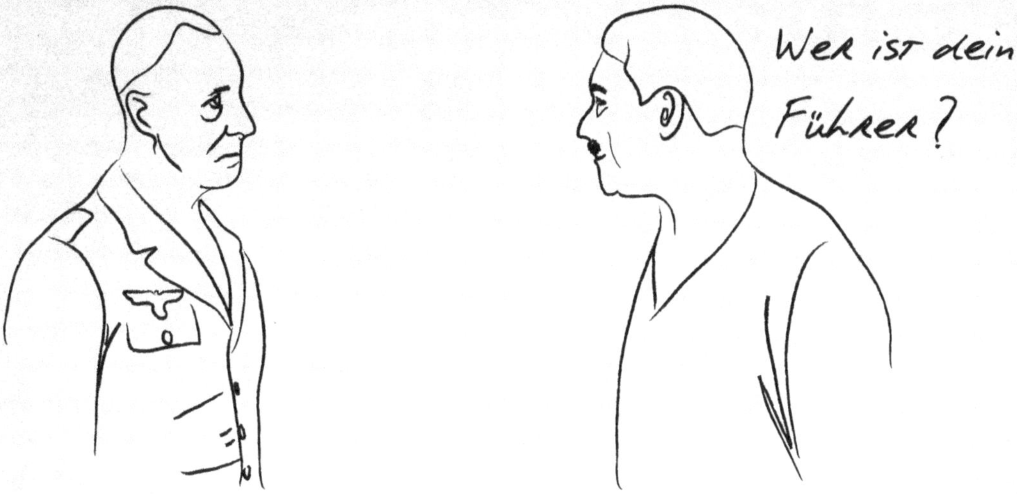

Rommel ist sooo stinkig auf mich. Ich habe das 34. Battalion gezwungen, die Wollmützen zu tragen, die ich stricke und online verkaufe, und 130 von ihnen haben einen Hitzschlag erlitten. Kommt schon, der Sommer ist fast rum! Und außerdem wird es noch weitere Gefechte geben. Chill mal, Rommel.

Sommerwind weht mild
Blitzkrieg macht mich so müde
Mein MacBook ist schwer.

Teil 4
Zweiter Weltkrieg

Schweiz

Die Schweiz ist in zahlreichen Konflikten neutraler Boden geblieben – nicht zuletzt aufgrund ihrer unglaublich schroffen Landschaft und ihrer ach so verführerischen schokoladigen Köstlichkeiten.

Paris

Paris war eines der ersten Ziele Hipster Hitlers, nicht nur weil es sich um eine nahegelegene Hauptstadt handelte, sondern auch wegen seiner Cafés und Bars. Rasch machte er sich daran, die örtliche Clubkultur in eine Club-Mate-Kultur zu verwandeln.

Seeland

Eine der ersten deutschen Initiativen im Zweiten Weltkrieg war die Okkupation Dänemarks. Hitler stellte sie als Präventivschlag gegen England und Frankreich dar, aber eigentlich wollte er nur die Wiener Kunstakademie komplett aus Lego nachbauen.

Überlegenheit

Unter dem Codenamen »Unternehmen Seelöwe« planten die Deutschen die Eroberung des britischen Festlands – ein Plan, den sie nie verwirklichten. Als einziges zum Commonwealth gehörendes Gebiet konnten sie die Kanalinseln einnehmen, wo Hitler umgehend mächtige Verstärker und den weltweit drittgrößten Trommelkreis (gemessen am Gesamtumfang) errichten ließ.

Feldzüge

In der militärstrategischen Planung übernahm Hitler eine sehr aktive Rolle. Er entwarf Schlachtpläne, Exerzierübungen und glutenfreie Speisepläne.

Das ist das neue strategische Hilfsmittel. Pac-Man, Alter.
Mehr Vintage geht nicht.

DAS IST NICHT VINTAGE, VERDAMMT!
Wir haben 1940. Pac-Man wird erst
in 40 Jahren erfunden.

Hier, der blaue Geist, den ich gerade gefressen hab?
...
Das war England.

Dreimächtepakt

Hitlers Dreimächtepakt mit Italien und Japan verlieh den Achsenmächten eine beeindruckende Schlagkraft. Sein japanisch-italienisches Fusion-Restaurant lief weniger gut.

Album

Hitler legte bereits 1934 einen Instagram-Account an, mehr als 75 Jahre bevor der Service überhaupt existierte.

Plakat

Durch seine nicht endenden Versuche, die jüdische Kultur zu hassen und zugleich zu demonstrieren, dass er ihre Tropen auf ironische Weise super fand, stand Hipster Hitlers Integrität immer wieder auf der Kippe – oder, wie er es ausdrückte, auf der Kippa.

Hundefutter

Tiere lagen Hitler so sehr am Herzen, dass er kurzzeitig erwog, Himmler durch einen Seidenaffen zu ersetzen.

Okay, ich geh was kaufen. Sag Himmler, dass ich mich zum Bücherverbrennungszirkel verspäte.
GOY DIVISION
Eine Stunde später …
Soll das ein Scherz sein?
Wo in aller Welt ist das Hundefutter?
Ich hab keins gefunden, das nicht an Tieren getestet wurde …
GOY DIVISION
GOY DIVISION

Werbung

Der Führer war ein forscher »Filmkritikerkritiker«. Einmal nannte er die Kritiken eines Kritikers »in kritischer Weise unkritisch«.

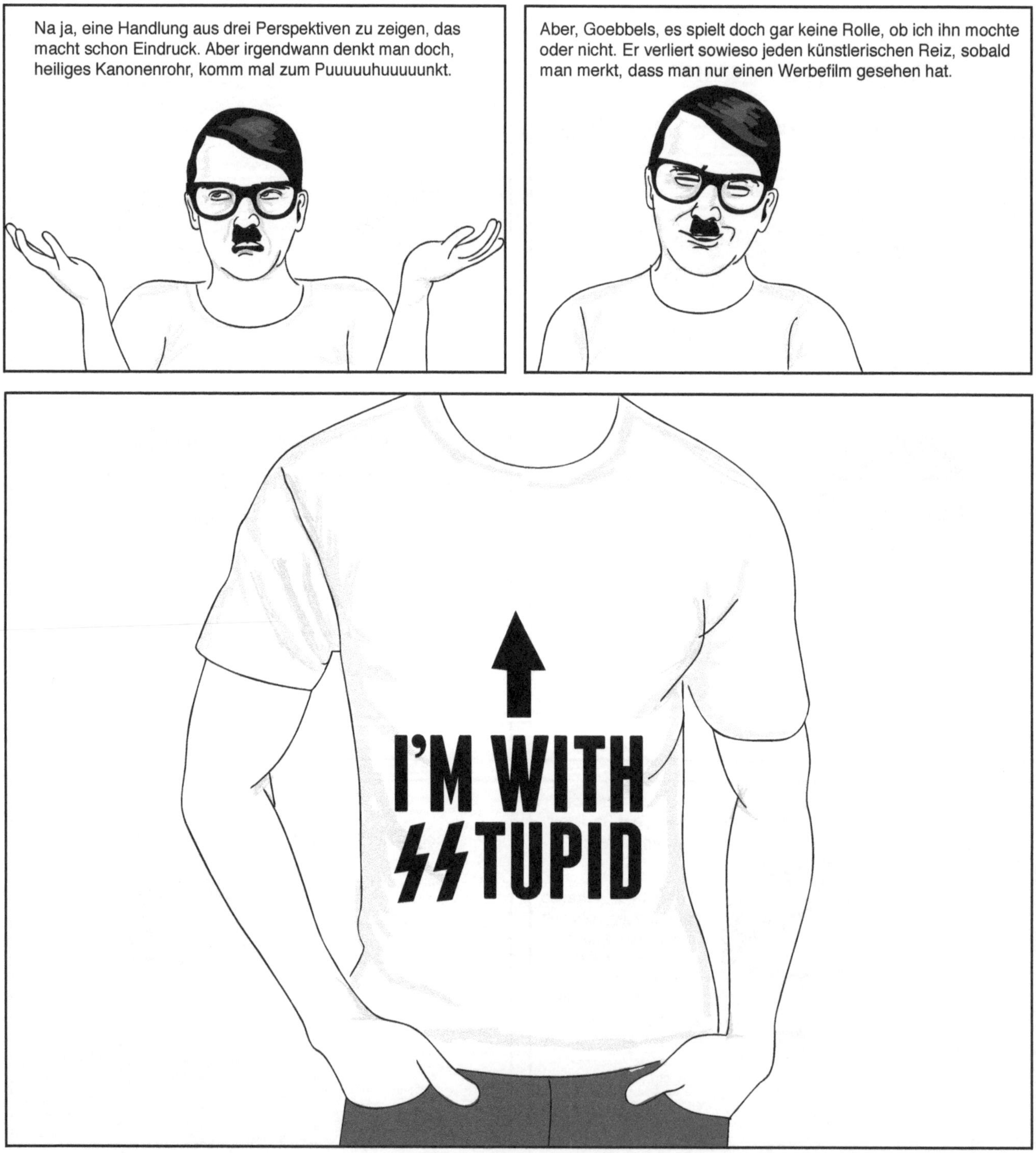
Na ja, eine Handlung aus drei Perspektiven zu zeigen, das macht schon Eindruck. Aber irgendwann denkt man doch, heiliges Kanonenrohr, komm mal zum Puuuuuhuuuuunkt.
Aber, Goebbels, es spielt doch gar keine Rolle, ob ich ihn mochte oder nicht. Er verliert sowieso jeden künstlerischen Reiz, sobald man merkt, dass man nur einen Werbefilm gesehen hat.
I'M WITH
ϟϟTUPID

Aufrüstung

Hitler wollte die Militärstruktur um jeden Preis verbessern, beispielsweise dadurch, dass er die Einberufenen nach Kategorien wie »Vibe« klassifizierte.

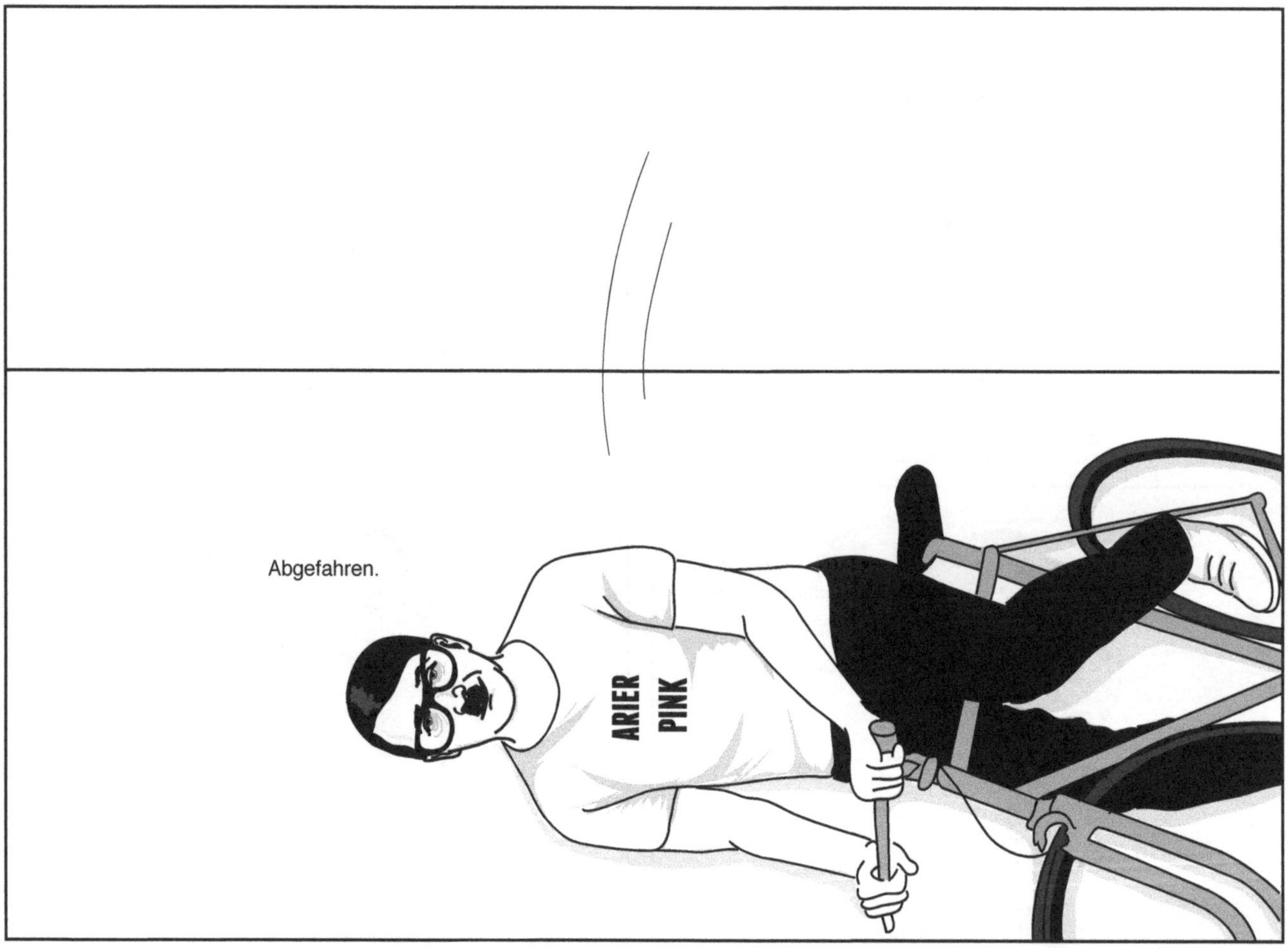
Abgefahren.
ARIER
PINK

Pearl Harbor

Hipster Hitler verband eine Hassliebe mit den Amerikanern. Einerseits liebte er ihre über-schicken Klamotten und Accessoires, andererseits hasste er ihren Konsumismus.

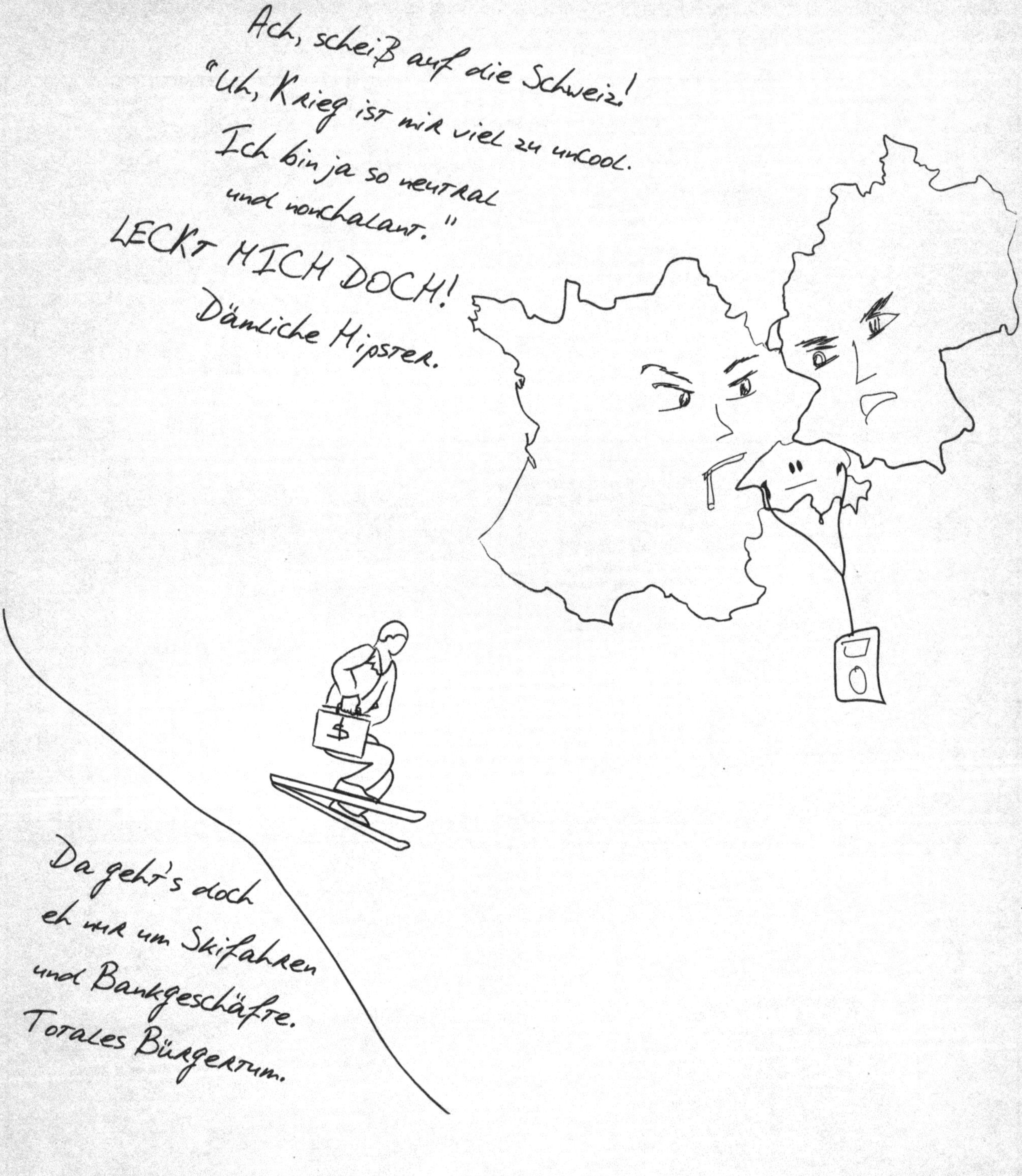
Ach, scheiß auf die Schweiz!
„Uh, Krieg ist mir viel zu uncool.
Ich bin ja so neutral
und nonchalant."
LECKT MICH DOCH!
Dämliche Hipster.
Da geht's doch
eh nur um Skifahren
und Bankgeschäfte.
Totales Bürgertum.

Göring besteht darauf, dass wir den direkten Weg von Berlin nach Warschau nehmen. Das würde bedeuten, mitten durch den Spreewald zu ziehen, und ich kann einfach nicht aufhören, an die Entwaldung zu denken.

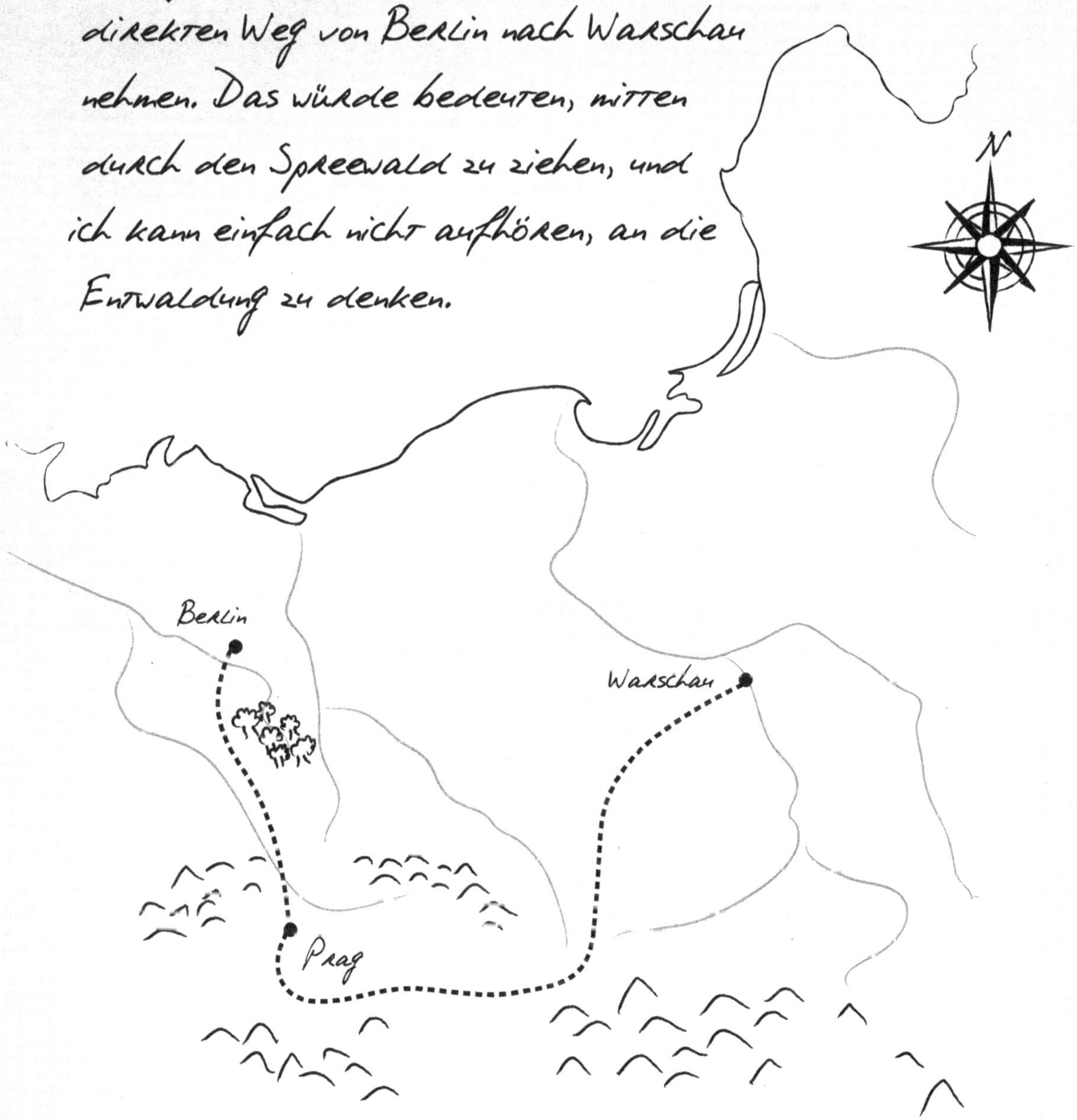

Die Route, die mir vorschwebt, würde die Reise um nur sieben Wochen verlängern, und all die schönen Nadelhölzer blieben verschont. Außerdem gibt es in Prag einen coolen Laden mit Fair-Trade-Kaffee, dem ich gern einen Besuch abstatten würde.

In letzter Zeit halten immer mehr Soldaten als Ablenkungsmanöver ihre Helme in die Luft. Bei meinen Leuten wird es das nicht geben. Dafür habe ich die Dinger nicht gestrickt. Bio-Wolle ist einfach zu empfindlich für so was.

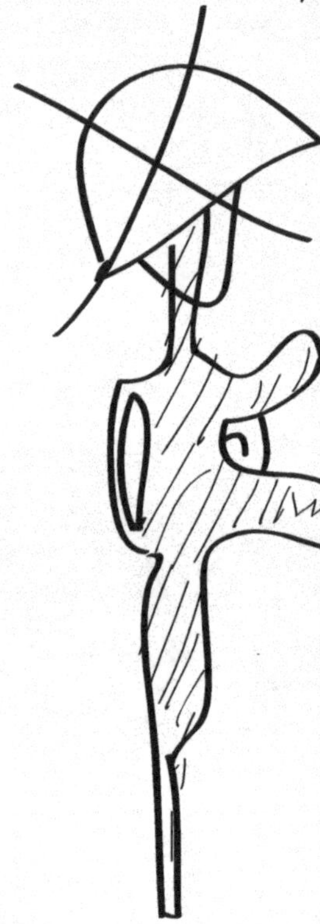

Ich werde ihnen empfehlen, stattdessen etwas hochzuhalten, bei dem man als vernünftiger Mensch gar nicht umhin kann, es zu attackieren.

Immer und immer wieder predige ich unseren Designern eine einzige Sache: Baggy ist out, eng ist in.

Als es um Hosen ging, hat keiner auf mich gehört – sie haben nur irgendwas von »Bewegungsfreiheit« erzählt. Ich weiß nicht, warum sie mich wie einen Idioten behandeln …
Ich habe schließlich ein ganzes Buch über Beweglichkeit und Freiheit der Klassen geschrieben.

Egal, dieses Mal umgehe ich sie einfach und lasse meinen Entwurf direkt in Produktion gehen. Das sackartigste aller Kriegs-Accessoires wird völlig neu gestaltet:

FALLSCHIRME!

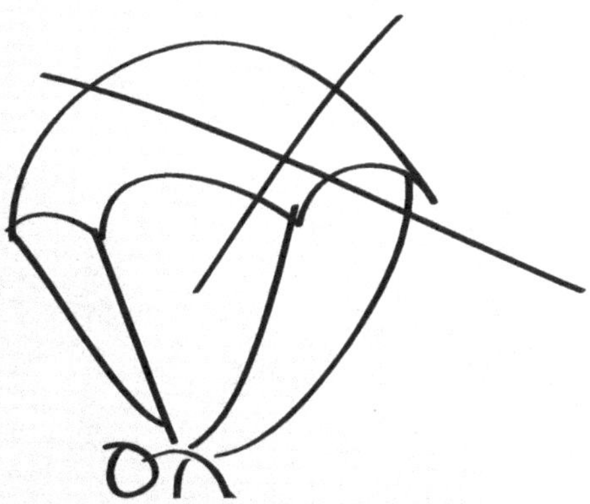

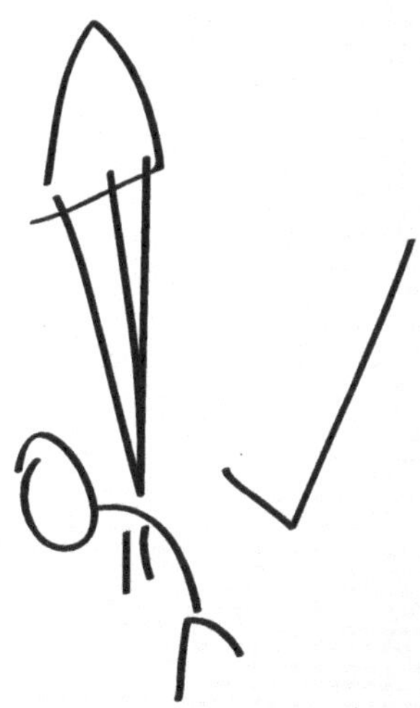

Teil 5

Alliierte gegen Achsenmächte

Russischer Winter

Als der Feldzug im Osten andauerte und es allmählich Winter wurde, lehnte Hitler es ab, einen Labello zu benutzen, und bediente sich stattdessen der Bio-Variante: Berts Bienenwachs.

Ostfront

Während die Beziehungen zwischen Nazis und Sowjets immer angespannter wurden, planten die Deutschen mit »Unternehmen Barbarossa« die Invasion Russlands. Es sollte die größte Militäroperation der Geschichte werden, was Truppenstärke, Verluste und Origamifalze angeht.

HITLER, SIE –
»Hitler«? Hast du mich gerade statt bei meinem Titel einfach »Hitler« genannt?
ICH HATTE DIE GROSSE PANZERPLATTE in
Du weißt, was das heißt, oder?
LUFTWAFFELHAUS
GODWIN'S LAW – Diskussion beendet!
ICH HATTE DIE GROSSE PANZERPLATTE in LOTTES LUFTWAFFELHAUS

Todesstrahl

Dass Hipster Hitler seiner Umwelt weniger unvoreingenommen als vielmehr stark wertend gegenübertrat, ist unbestritten. Einige sehen in ihm gar den Urheber der vielzitierten Schmähung »Du bist voll link«. Andere ergänzen einschränkend, dass es sich dabei um ein ironisches Lob von Himmlers Fertigkeiten beim Spielen des Nintendo-Klassikers THE LEGEND OF ZELDA gehandelt habe.

Es passiert nichts, mein Führer.
Ach, Göring, du bist so naiv.
Es liegt doch auf der Hand, dass der Todesstrahl die Geschmackssicherheit eines Feindes so lange einer abschätzigen Musterung unterzieht, bis der Feind vor Scham stirbt.
YOU MAKE ME FEEL LIKE DANZIG
Oh, glaub mir, er stirbt.
Innerlich stirbt er.

Auf dem Schlachtfeld

Als »Blitzkrieg« bezeichnete man eine neue Form der Kriegsführung, die die Deutschen im Zweiten Weltkrieg erstmals anwendeten. Die Taktik beinhaltete eine schlagkräftige Verbindung von Schnelligkeit und Gewalt. Durch das entschlossene Eröffnen kurzer, schneller Gefechte schaltete man den Gegner aus, bevor er sich mobilisieren oder durch geschicktes Verwuscheln der Haare einen verwegenen Look verpassen konnte.

Einen Granatapfel?
Und Cashews aus biologischem Anbau.
LIKE MY HEERSTYLE?
Nein, danke.

DIY

Die Lieblingsjeans des Führers waren irgendwann so zerschlissen, dass sie zu Pulver zerstoßen, mit Gummi arabicum vermengt und als Paste aufgetragen werden mussten.

Mein Führer, wir wurden sabotiert!
Chill mal, Rommel. Ich nutze nur ein T-Shirt ab.
Ich kann doch nicht einfach ein auf alt getrimmtes im Laden kaufen wie alle anderen auch.
Komm schon, Rommel, das macht doch nichts … Hey, ich leih dir mein Fixie! Das ganze Wochenende, wenn du willst.
Aber ohne den Korb … Den brauch ich fürs Veggie-Picknick.
LANDSERLUST

Gerät

Von der berühmten Enigma-Maschine machte Hitler selbst nie Gebrauch – stattdessen verschlüsselte er seine persönlichen Mitteilungen durch kryptische Metaphern, Holzwegsätze und transkribierte Walgesänge.

Ja. Ab sofort wird Multitasking unterstützt.
Das ändert alles. Wieder einmal.
Wenn wir jetzt noch Flash-Unterstützung hinkriegen, haben wir das ultimative Alleskönner-Gerät.
EIL COUNCIL
Flash?
Ach, schon gut.
THE HEIL COUNCIL

Strom

Umweltbewusstsein steht bei jedem Hipster ganz oben auf der Liste, es sei denn, es ist mit Anstrengung verbunden, oder er hat gerade einfach keinen Bock. Für Hipster Hitler selbst spielte die Umwelt eine große Rolle. Einmal versuchte er sogar, die gesamte Panzerflotte lediglich mit einem Gemisch aus Weizengras und blinder Hoffnung anzutreiben.

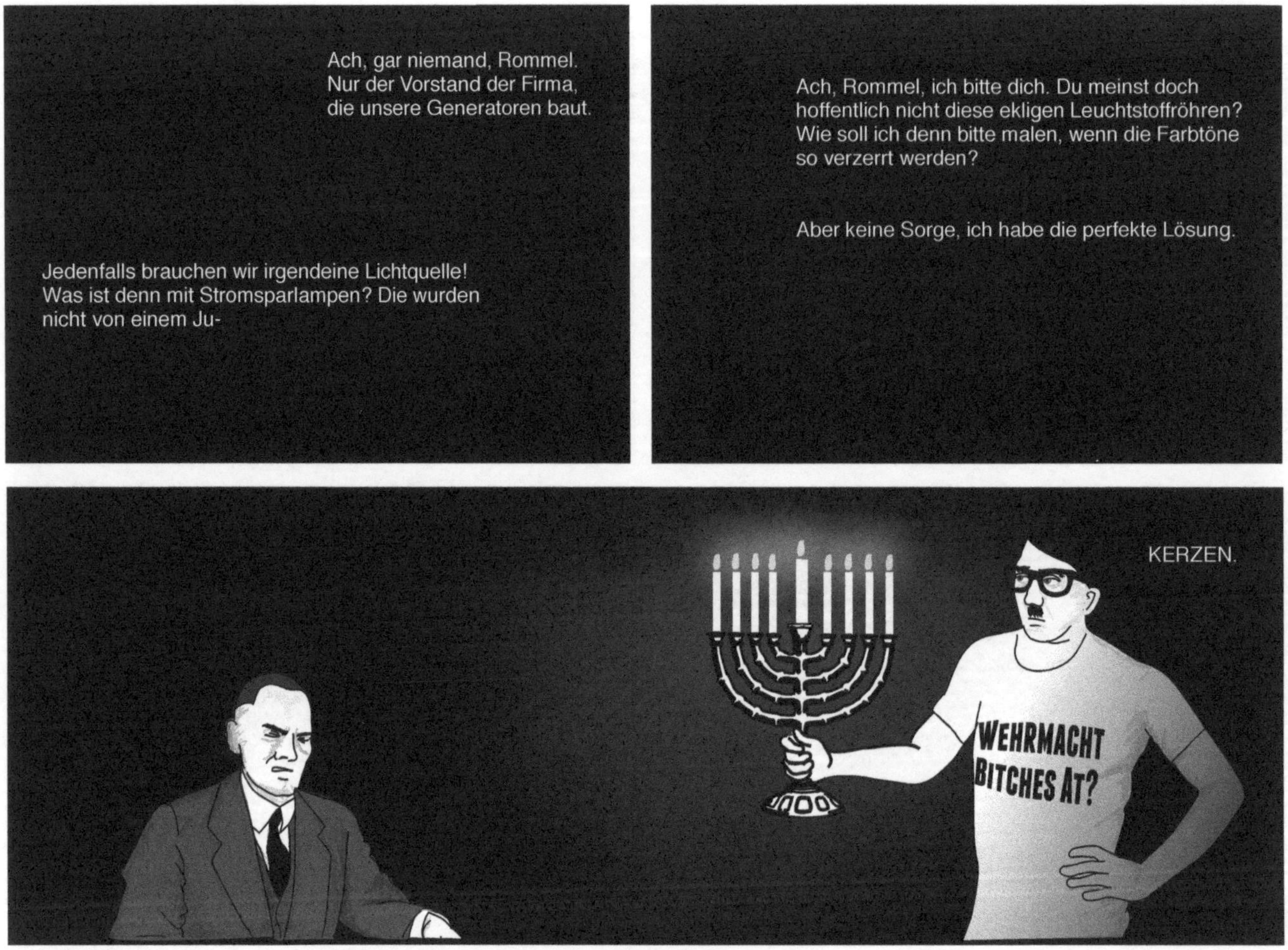
Ach, gar niemand, Rommel. Nur der Vorstand der Firma, die unsere Generatoren baut.
Jedenfalls brauchen wir irgendeine Lichtquelle! Was ist denn mit Stromsparlampen? Die wurden nicht von einem Ju-
Ach, Rommel, ich bitte dich. Du meinst doch hoffentlich nicht diese ekligen Leuchtstoffröhren? Wie soll ich denn bitte malen, wenn die Farbtöne so verzerrt werden?
Aber keine Sorge, ich habe die perfekte Lösung.
KERZEN.
WEHRMACHT BITCHES AT?

Handschrift II

Als sich Deutschlands Situation mit Voranschreiten des Krieges immer hoffnungsloser darstellte, ließen Hitlers Nerven nach. Seine Sehstärke, sein Gang und seine Häkelkünste litten gleichermaßen.

Es geht um Solidarität, G. Derselbe Grund, aus dem ich es ablehne, Schweinsohren oder Ochsenaugen zu essen.
SHE & HIMMLER

Spott

Nach der Okkupation Norwegens wurde der norwegische Politiker Vidkun Quisling von den Nazis als Machthaber eingesetzt. Wie er Hitlers Wohlwollen erlangte, ist umstritten, doch sollen ein Twister-Spiel, Bio-Apfelmus und ein lebender Ameisenbär dabei eine nicht geringe Rolle gespielt haben.

Waffen

Hipster Hitler und sein Stab waren oft unterschiedlicher Meinung, besonders in Fragen, die unmittelbar Kriegshandlungen betrafen. Viele seiner Ideen, wie etwa biologisch abbaubare Granaten, gelangten nie über die Planungsphase hinaus.

Gesundheit I

Als die Ärzte Hipster Hitler hochdosierte Gaben von Vitamin A und D verschrieben, befahl er ihnen, umgehend auch noch die Vitamine O, L und F zu entdecken.

Mugabe

Wie die meisten Hipster gab Hitler sich den Anschein, Okkultismus nicht ernst zu nehmen, war aber in Wahrheit höchst abergläubisch. Manche Hipster glauben an »Elixiere«, andere an Derivate von Karma oder Qi. In Hitlers Fall war es (neben Werwölfen) die Astrologie.

Gesundheit II

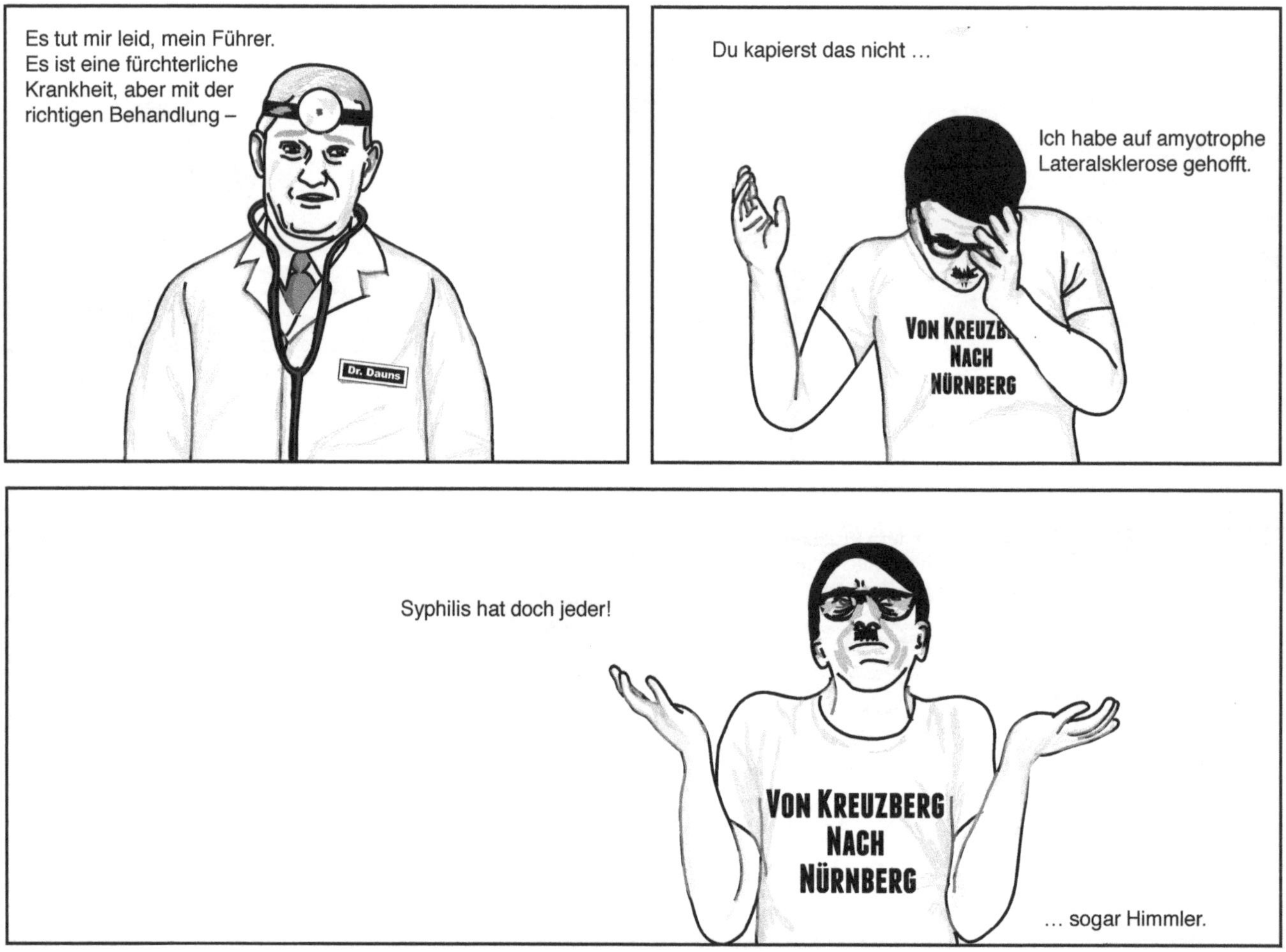
Es tut mir leid, mein Führer. Es ist eine fürchterliche Krankheit, aber mit der richtigen Behandlung –
Dr. Dauns
Du kapierst das nicht …
Ich habe auf amyotrophe Lateralsklerose gehofft.
Syphilis hat doch jeder!
VON KREUZBERG NACH NÜRNBERG
… sogar Himmler.

Proteste

Im Zuge der größeren Verbreitung moderner Drucktechniken gewann das deutsche Volk weitere Möglichkeiten, seine Meinung zu Hitler und seinen Verbündeten zu teilen. Hitler beharrte darauf, die Negativpresse bekämpfen zu können, »wenn mir nur endlich mal irgendwer eine Tumbler-Seite einrichten würde«.

Leider geht es zu weit. Diese Dinger werden weitergereicht wie ein Virus, selbst in Regierungsbüros.
Was? Über diese pneumatischen Systeme? Das ist doch nur ein Gewirr von Röhren, Mann.
BACK TO THE FÜHRER
Wir müssen diese neuen Technologien ausmerzen, um zu verhindern, dass sich der Pöbel zusammenrottet.
Auf keinsten, Alter. Die Band von meinem Kumpel Mark setzt voll auf virales Marketing. Und außerdem sind wir Faschisten und keine Monster.
BACK TO THE FÜHRER

Verlust

Hitler zeigte Eva Braun die kalte Schulter, bis er feststellte, dass sie den weiblichen Part des The-xx-Stücks »VCR« singen konnte.

EVA?! NEIN!!!
BRAUN
SCHWEIG
MEINE ZEICHENSTIFTE!!!
SCHWEIG
MADE IN GERMANY
STAEDTLER
traditio
3B

Aktentasche

Am 20. Juli 1944 kamen Widerstandskämpfer dem Ziel, Hitler zu töten, gefährlich nah. Um nicht übertroffen zu werden, nahm sich Hitler kein Jahr später selbst das Leben.

Mein Führer! Mein Führer?! Sagen Sie doch etwas! Sie dürfen nicht sterben!
TERABYTE
Ich sag's doch immer wieder … Hütet euch … vor dem Bürgertum.

Selbstmord

Es heißt, man solle aufhören, wenn es am schönsten ist, aber meistens hört man doch erst auf, wenn es schon nicht mehr ganz so schön ist. Der Tod von Hipster Hitler veränderte die Welt. Er zeitigte das Ende des Zweiten Weltkriegs, drückte Deutschland einen unauslöschlichen Stempel auf und hinterließ eine nicht zu schließende Lücke im gemischtgeschlechtlichen Ultimate-Frisbee-Team der Stadt München.

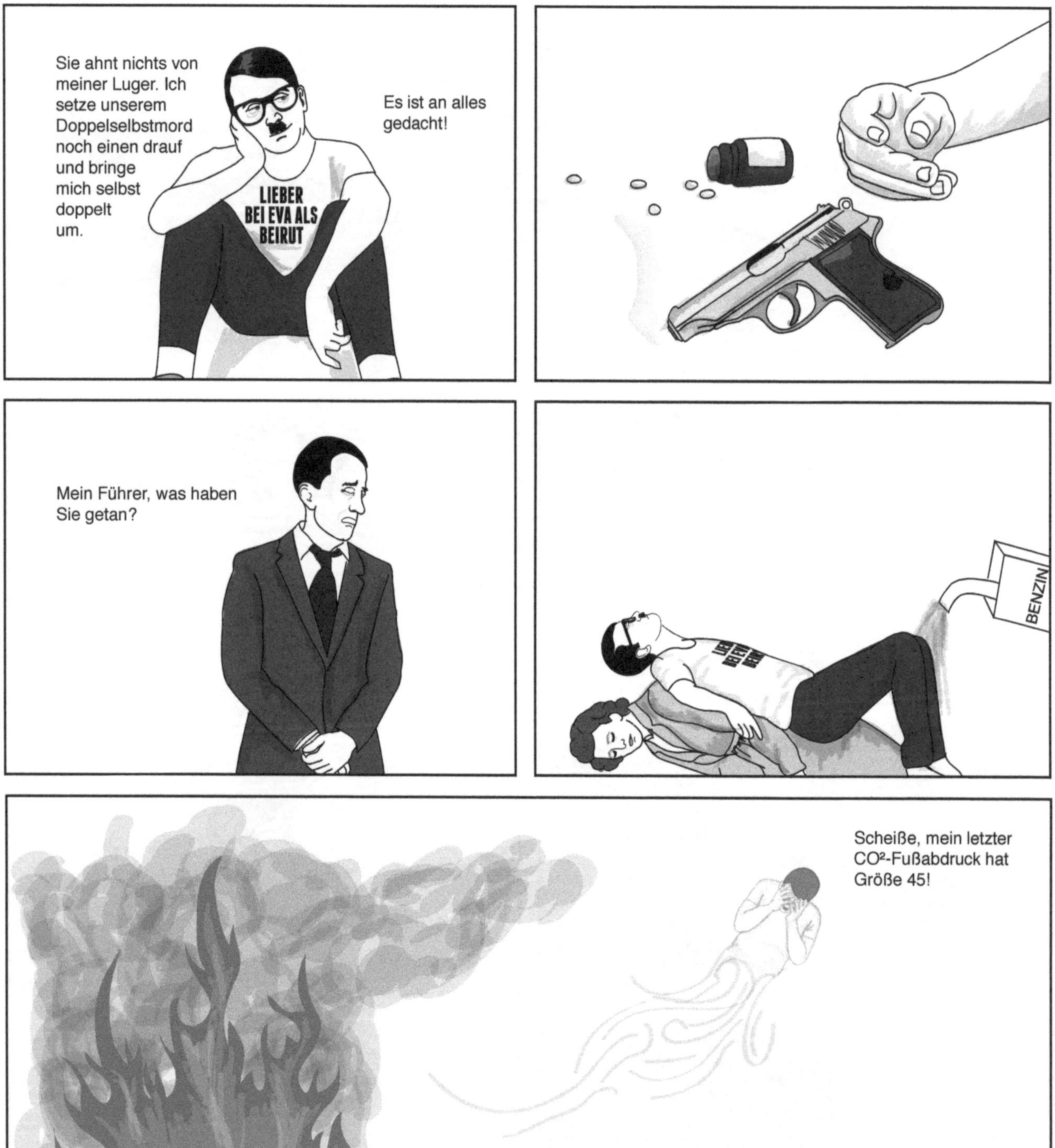
Sie ahnt nichts von meiner Luger. Ich setze unserem Doppelselbstmord noch einen drauf und bringe mich selbst doppelt um.
LIEBER BEI EVA ALS BEIRUT
Es ist an alles gedacht!
Mein Führer, was haben Sie getan?
BENZIN
Scheiße, mein letzter CO^{2}-Fußabdruck hat Größe 45!

Ha! Ich weiß es genau –

Himmler versucht *definitiv*, meinen Schnäuzer zu kopieren.

Er ist zwar schütterer als meiner, aber es ist offensichtlich.
Was für ein Poser.

Himmler, du
bist aufgeflogen.
Mach dir
deinen eigenen
Schnäuzer.

Es ist ja kein Geheimnis, dass mein Land unter schwindenden Metallressourcen leidet. Millionen von Soldaten, die ausgerüstet werden müssen, und mein unausgesetztes Forschen nach dem perfekten geräuschlosen Windspiel fordern ihren Tribut.

Aber ich glaube, ich habe eine Lösung gefunden. Schlachtfeldversuche haben ergeben, dass 90 % aller Kopfverletzungen in derselben Region auftreten.

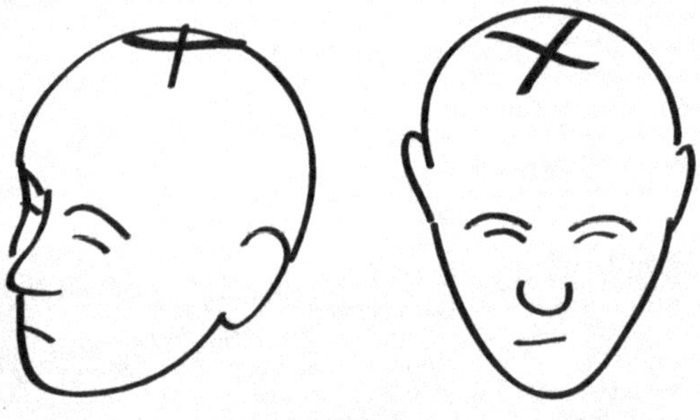

Meine brillante Antwort darauf ist die Herstellung eines Helms, der ausschließlich diese Stelle schützt.

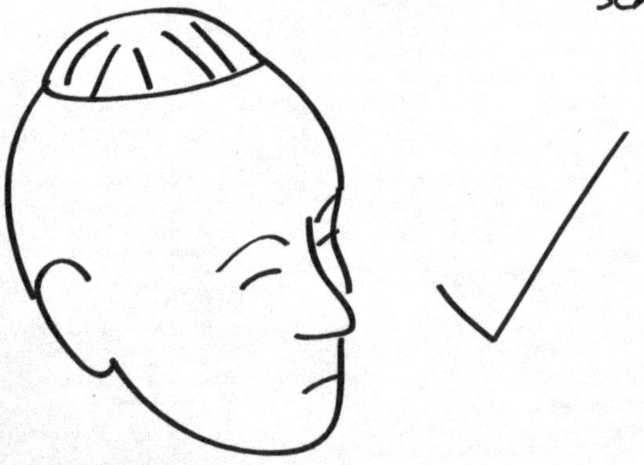

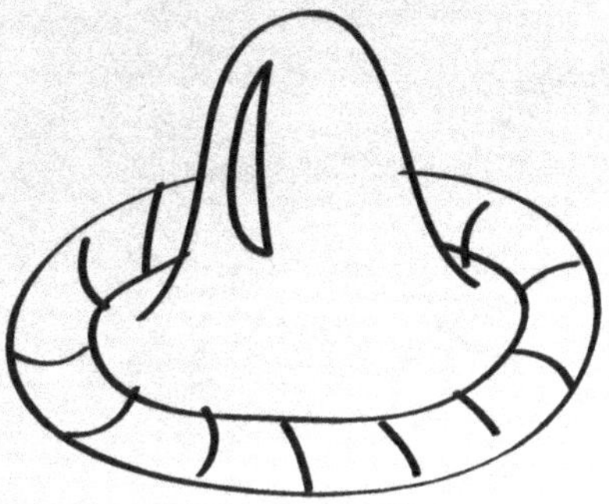

Jetzt ziehen die Briten also Kondome über ihre Gewehrläufe.

Sie BEHAUPTEN, das soll Wasser und Schmutz abhalten …

Die glauben wohl, sie sind die Einzigen, die in Kriegszeiten ein genderpolitisches Statement setzen können.

Aber ich habe da auch so meine Ideen …

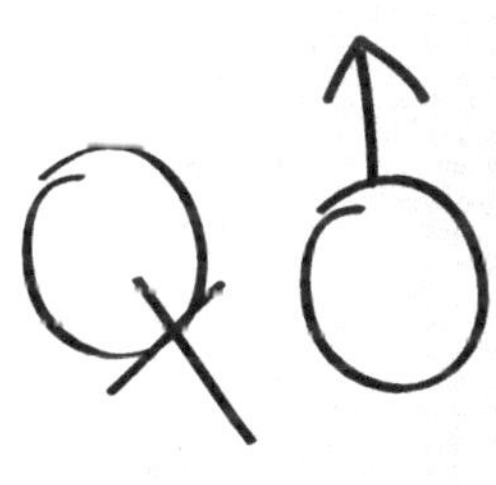

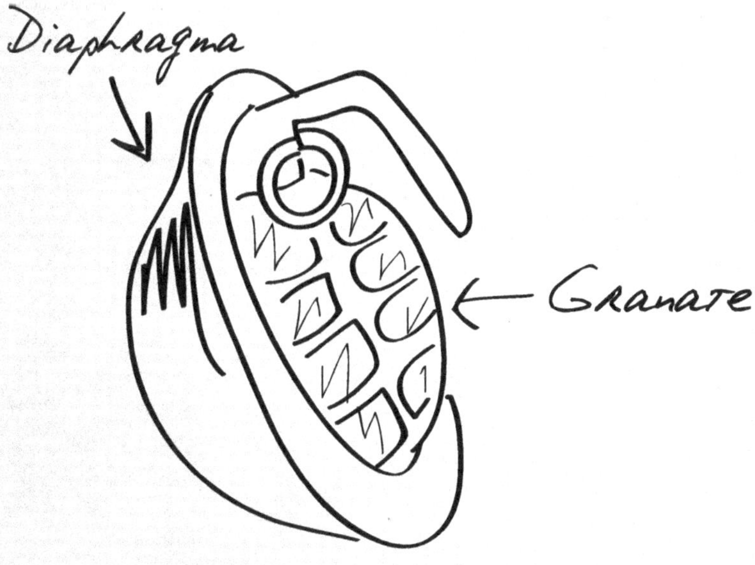

Ich bin es leid, von Goebbels gefragt zu werden, ob ich die neuesten Nachrichten im Fernsehen gesehen oder die jüngste Kriegsberichterstattung im Radio gehört habe. Ich weigere mich, Neuigkeiten mithilfe jeglicher Technologie zu senden oder zu empfangen, die nicht mindestens zwei Generationen alt ist.

Ich habe gerade angefangen, per Morsecode zu telegraphieren, und ich glaube, das könnte etwas für mich sein. Habe eben das hier an Stalin geschickt.

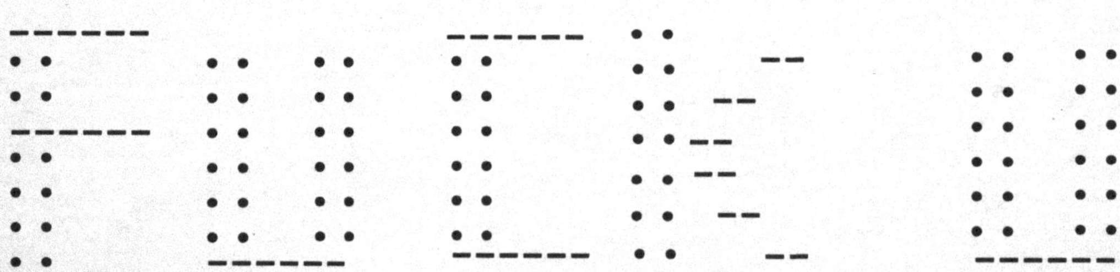